불의 정원

시작시인선 0183 불의 정원

1판 1쇄 펴낸날 2015년 5월 8일
지은이 정연희
펴낸이 채상우
디자인 이승희
펴낸곳 (주)천년의시작
등록번호 제301-2012-033호
등록일자 2006년 1월 10일
주소 100-380 서울시 중구 동호로27길 30, 413호(묵정동, 대학문화원)
전화 02-723-8668
팩스 02-723-8630
홈페이지 www.poempoem.com
이메일 poemsijak@hanmail.net

ⓒ정연희, 2015, printed in Seoul, Korea

ISBN 978-89-6021-236-7 04810
         978-89-6021-069-1 04810(세트)

값 9,000원

불의 정원

정연희

천년의
시 작

시인의 말

호수에 까맣게 내려앉은 철새들
순결한 의식이 시작되었다
새떼들은
알 수 없는 언어로 주문을 걸고 춤을 춘다
다시 원반의 비행구름
날이 저물자 천천히 어디론가 날아갔다

2015년 봄
정연희

차례

시인의 말

제1부

불의 정원

향천사 계곡에 꽃무릇 피었다

작은 기침 소리에도 불꽃 숨 살아나는 그곳

바람이 짚어 주는 흰 이마 가지런한 콧등

잊었던 얼굴 어룽거렸어

꿈인 듯 물가를 기웃대는데

누군가 내 어깨에 손을 얹고 눈과 귀를 가렸어

붉은 구름 더듬어

눈 맑은 이가 이끄는 물의 정원에 닿았다

물그림자 쪽으로 발을 들여놓자 눈썹 사이로 타오르는
불길

모래의 책

바닷가엔 모래가 날아다녔다 두루마리처럼 길게 끌려가
는 모래들 바람이 뚝뚝 끊어 낸 화선지들 그 백지에 쓰고
지우며 책장을 넘겼다

아버지는 무슨 흔적을 남기려 하셨나 배 뒤집힌 돌고래처
럼 먼 바다에서 떠밀려 온 책 한 권 퉁퉁 불은 항해일지 흐
린 수묵화처럼 번져 보이지 않는 그림자들 어른거렸다 오래
된 주점 뒷골목을 지나는 여우비 양철 지붕을 두드렸다 돌
풍에 뿌리 뽑힌 마편초들 바람이 바다를 가로질러 모감주
나무 숲에 쌓이는 소리 흩어지는 꽃가루 노랗게 흔들렸다
나는 오래도록 그 길을 서성거렸다

무너져 내리고 흩어지는 책들 찢어진 책갈피로 모래 알갱
이 흘러내려 입과 눈이 버석거렸다 아버지의 책을 읽으려는
데 바람은 끊임없이 그날의 기억을 흐려 놓았다 바람은 제
문장을 읽고 먼 바다로 떠나고 또 떠났다 지워진 모래의 책●
을 들고 나는 그림자처럼 서 있었다

●「모래의 책」: 보르헤스의 소설명.

징조를 읽다

　나무들 바람 사이로 휘휘 리듬을 타면 검은 고양이는 빙의 들려 바람의 냄새와 모습을 볼 수 있네 공중제비를 넘거나 구석에 웅크린 채 동공을 열고 어둠을 응시했다 맨드라미 검붉은 꽃을 좋아해 그 꽃 흔들리는 저녁 내 품을 떠났다

　바람이 하늘을 가리고 꽃들은 바닥을 쓸었다 엎어진 나무들과 뒤집힌 뿌리 사이 무너진 동굴은 컴컴했고 벽면엔 물이 흘렀다 동굴 안쪽은 고양이들의 제단 타다 만 매캐한 검은 연기 올라왔다 고양이 빛나는 눈에 스치는 마녀의 이글거리는 눈빛

　검은 그림자 목덜미 둥글리며 가릉거리는 울음소리 한동안 머뭇거리다 흩어진 발자국들 마녀는 검은 안식일에 빗자루를 타고 세 번째 젖꼭지 물려 고양이를 데려간다는데 바람이 핏빛 꽃 몰고 오는 저녁 램프는 쓰러지고 빗자루 날아다니면 고대 이집트인처럼 눈썹 밀고 사라진 고양이를 애도하리

마야의 초승달

비옥한 대지 케추아 부족 해변 마을에 죽은 자들의 날이 오면 샛노란 꽃을 돌무지에 뿌리며 영혼을 인도한다지 망자를 부르는 붉은 독수리 연을 날리지

수평선에 걸린 산호 덩이를 어둠이 천천히 삼키자 검은 이를 드러냈어 잠잠하던 바다는 날뛰고 풍랑은 범고래처럼 일어서며 주변을 삼켰어 그의 목덜미를 움켜쥔 바람은 끝내 놓아주지 않고

반대편에서 난 풍등을 올렸어 이마에 문신을 한 용사 되어 그를 맞고 싶었지만 새 머리 연으로 힘차게 날아올랐어 눈이 마주친 건 새파란 초승달 누군가 어둠 저편에서 나직하게 불렀어 흘려보낸 얼굴을 두 손으로 꼭 잡았어 팽팽한 해안선을 연실처럼 느슨하게 풀어 주었지

만종(晚鐘)

미륵사지는 빈 둥지 같았다 하늘재 가득 품던 목탁 소리 자운으로 떠돌고

마가목 늙은 나무는 천수관음 손을 가졌다 천 개의 손이 새들을 키우고 새들은 적막의 귀를 부르는데

잎사귀손가락마다 매달린 푸른 종소리 새들이 부리에 묻어 두었을까 붉은 열매 찢어 내자 경소리 쏟아졌다

무릎걸음으로 이마 조아려 큰절 올리는 동안 소리는 닫히고 잃어버린 당신의 말씀 듣는 천 개의 귀

빈손을 모으는 저녁 새들의 목탁 소리에 떨리는 가슴 두려움이 메아리치던 때가 있었다

수염고래

　북극의 얼음 바다가 파랗게 눈을 뜨면 수염고래들 높이 튀어 올라 온몸으로 노래 부른다 지난밤 베링해 굽은 해안선 타고 옮겨 왔을까 폭설이 내린 삼월의 이른 아침 북극 고래들 해안으로 몰려왔다 물폭풍을 일으키는 꼬리지느러미 바위가 갈라지듯 일시에 벌어지는 큰 입 검푸른 동굴 속으로 분홍 크릴새우들 사리 만난 물살처럼 빠르게 쓸려 들어갔다

　그믐밤을 지샌 사내들 억센 팔을 날려 작살을 꽂았다 보이지 않는 신들에게 두 손을 받든 뒤 고기를 나누며 축제를 열었다 수염고래 신음 소리 뱃고동처럼 울었다 심해의 제 종족에게 들려주는 맥놀이 음파

　사내는 무디어진 작살을 언덕 너머로 내던졌다 물때를 만나 배를 띄우고 밧줄을 늘였다 포경하던 시절 신기루처럼 가물거렸다 이제 맨손으로 긴 밤을 항해하리라 수염고래 만나러 얼음을 헤치고 북극해로 출항이다

뒷모습

　사월의 벚나뭇길 걷는다 분홍 너울 속으로 사라지는 그
너머 느리게 흩어지는 회청색 구름 산봉우리에 포개 놓은
해넘이 불꽃 홀로 노을 물 퍼 올리는 어린 새의 저물녘

　언덕을 오르는 당신의 기울어진 어깨 입가에 맴돌다 끝
내 흐린 말끝 당신의 널따란 등은 언제 나무 쪽으로 굽었
는지 사라지는 것들은 시든 꽃잎처럼 젖은 눈에 밟히는 것

　고대인들은 후미진 진흙 바닥에 자신의 뒷모습을 새겨 넣
었다 언제라도 떠날 수 있도록 숨어서 그린 목탄 그림 그림
자 희미해질수록 더욱 환해지는 당신의 내밀한 방

하늘의 운판

구름은 새들이 숨겨 놓은 청동 운판 당신도 보았겠지만
희미한 여명을 물고 줄지어 가는 새들 가냘픈 몸을 하늘 높
이 날려 운판을 떠메러 가는 것

먼동이 틀 때 붉은가슴울새가 운판을 닦았다 음을 조
율하는 청동 쟁반 딩 딩 딩 거친 마음을 어루만져 주었다

자운사 여승이 운판을 친다 세심천(洗心泉) 물안개 꽃들
깨어나고 촛불맨드라미는 불 밝혔다 세상 것이 아닌 듯 신
비한 소리는 대웅전을 지나 전각을 느릿느릿 돌아 백팔계단
제자리로 돌아왔다

스님이 대웅전 꽃살문을 활짝 열자 허공을 헤매는 고독
한 영혼들과 새들은 머리 숙였다 내 불안정한 쉰 울음소리
와 남루한 날개를 탁 탁 치는 당신

거문고자리

천년 빈집에 악기 하나 들여놓았구나 귀 떨어진 문 뒤로
보이는 소용돌이 보이지 않는 손이 마른 대나무를 서쪽으
로 쓸어내린다 굽은 길 들춰내는 거문고 느린 운율 마침내
오동 처마 끝에 닿았다

은하수 건너온 새들이 고단한 별들을 깨운다 미처 호명
되지 못한 어린 영혼과 새들의 별자리 오래된 오동나무 방
으로 날아들었다

여인이 거문고 줄을 고르고 있다* 거문고 타는 여인의 흰
손가락 그림자를 어르는 검은 학의 낮은 저음 가슴 둥 둥 둥
어둠을 우는 마른 오동나무

● 신윤복의 그림「거문고 줄을 고르는 여인」.

자기폭풍

울산 반구대 암각화에 고래 물고기 사내 거룻배…… 선과 면으로 이어졌다 한순간이 정지된 고래들의 시간 천년에 한 번 쌍둥이태양이 그믐달을 만날 때 황금 고래가 눈을 뜬다는 전설 구름에 가려진 고래의 눈

지각변동 전 동해 발원지인 이곳 물길 끊어진 오래된 돌배나무 그늘엔 고래가 숨 쉬던 흔적들 소리의 파동이 남긴 나무의 가슴 주름 잔무늬들 자욱한 안개는 분기공이 뿜어낸 수증기

그믐날 태양이 흑점을 헤치고 검푸른 반구대에 불꽃 숨을 불어넣자 구름이 걷히고 면과 선이 돛처럼 부풀었다 거룻배를 탄 사내, 노를 저어 동쪽 물길을 열자 산들이 허물어지고 바다가 범람했다 꼬리지느러미 물살처럼 빠르게 몸을 틀어 작살을 뽑아내는 고래

금고래가 돌아오는 시간이다

이주민의 유적지

유적지 하늘에 까마귀 떼 푸엔의 하늘이 검푸른 빛으로 어두워졌다

무리를 벗어난 까마귀 한 마리 돌무더기 헤치고 무언가 건져 올렸다 닳아빠진 부리 먼지투성이 깃털 회색빛 산업도시를 헤매다 온 걸까

푸엔의 얇은 등에 차가운 김이 피어올랐다 수거함에 던져 놓은 막대 올무에 걸린 새의 발버둥 옷소매 펄럭거리는 커다란 날개 깃털 모자 챙에 매달린 푸른 눈알 굴리며 찢어진 발톱의 상처를 핥고 있다

흘러내리는 헌옷가지 껴안고 기웃거렸다 밭은기침 깊어 홍조 띤 얼굴 스러지는 노을처럼 웃음이 한동안 머물다 갔다 까마귀 울음소리 유적지 하늘 저편으로 사라졌다

물푸레나무 새 둥지

전체가 둥근 문으로 된 삼백오십 년 된 새 둥지라 했다

첫서리 내리면 문이 열리고 새들은 별에게 길을 물어 어딘가로 떠난다 했다 출렁이는 수평선이 줄지어 가는 새들이라 했다

너무 늦게 도착했나 보다 새들은 이미 떠났고 그들이 물어 온 세월의 비늘 조각들 얼개를 이루었다 칠 벗겨진 새 둥지 바다 쪽으로 기울어져 있었다 한 세대가 바람 등에 날개 들어 올릴 때 그들은 떠났고 돌아오지 않았다

바닷길 절뚝거리며 왔다 오래된 근심을 뻐꾸기처럼 둥지에 밀어 넣고 수레국화 빛 노을 등지고 걸어 나왔다

스 스 스 목쉰 바람 소리에 돌아보니 새 둥지 간 곳 없고 앙상한 물푸레나무 한 그루 알몸으로 울고 있었다 나를 그곳에 두고 왔다

뫼비우스의 띠

　미황사 대웅전 하얗게 빛바랜 배흘림기둥 해와 달이 건
넌 시간이 무수한 가로 주름 잔물결로 일렁거렸다 상처의
파문 사이 손을 넣었다 나무가 쓰러질 때 가지 끝에 가닿
을 수 없던 소용돌이 손끝마다 떨림으로 다가왔다 기둥의
채색이 지워지는 천년의 동통 나 그곳 아리고 쓰려 눈으로
쓰다듬었다

혼미하다

흰 새들 하늘바다 건너 돌아온 밤

사월의 목련 가지에 내려앉았다

건너온 바다 뒤 돌아본다

높은 파고 수직으로 기울어진 그믐달 닻줄 풀린 배처럼 뒤집힐 것 같다

어린 새들 머리 들고 위태로운 배 일시에 올려보다 서로의 목과 목 사이 머릴 묻는다

꽃모가지 무성히 늘어뜨리는 밤

새들도 혼미하다 둥지에서 떨어진 흰 새의 벌어진 부리

사월의 목련 아래 내 마음도 혼미해져 발자국 어지럽다

제2부

돌려쓰는 집

새들이 떠난 집 낮달이 굽은 허리 펴고 쉬어 가는 집 떠돌이별도 시린 발 묻었다 비 내리는 저녁엔 새들이 뒤척이는 소리

허물어져야 값이 뛰는 재개발지 그녀의 햇살 푸른 나날 오랫동안 꼿꼿했다 외톨이 그녀가 정신 줄 놓자 나락으로 떠밀려 갔다

비었다는 말 온기가 사라진다는 말 숨결이 더 이상 못 미친다는 말 깨진 그릇과 곰팡이 핀 이부자리와 알츠하이머 검은 그림자 녹슨 대문에 기댄 채 주저앉은 담장 그녀가 남긴 부재의 시간들 오래된 벽화처럼 서서히 지워지고

두루 돌려쓰는 집 그녀가 빈집에 깃들었을까 손길 닿은 자리마다 초록으로 반짝이는 두근거림

사과나무, 데칼코마니

안개 너머 사과나무는 반쪽이다 생가지 찢어져 우묵한
상처들 오래도록 나무를 흔들어 비와 바람의 방향을 바꾸
었다 물가로 기운 가지들 땅을 짚고 서 있네

작은 새 한 마리 깃털 슬쩍 스쳤을 뿐인데 연분홍 고요를
가르고 점점이 흩어지는 꽃잎들

나무 아래 맴돌던 젊은 날들 나뭇가지 마구 당겨 열매를
훔쳤다 미래의 수천 꽃송이와 사과나무를 먹어 치운 것

하여 봄밤마다 내 안의 꽃가지 뻗어나 몽유처럼 떠돌았
네 내 몸을 나무에 바짝 붙이자 잃어버린 그늘의 반쪽이 되
살아났다 부채꼴의 완전한 대칭 나무가 완성되었네

구룡포

가가와 현 이주민 마을 선창가 거리에 나그네새 날아들
었다 바다 아이 요코, 붉은 여름의 요코 목조 가옥 담장 너
머로 들리는 그녀의 높은 웃음소리에 귀가 먹먹해져 돌멩이
를 걷어찼다 그해 여름 푸른 달빛이 나막신을 끌고 썰물로
빠져나가는 걸 훔쳐보았다

적산가옥 뒷골목 반들거리는 나무 계단의 기억을 따라
바람이 벚꽃 문양 창틀을 쓰다듬었다 흙더미에 주저앉은 향
나무 가지에 조금씩 옛 기억을 털어 냈다 액자가 비스듬히
걸려 있던 자리 못 구멍 선명하다 가부키 인형처럼 파리한
얼굴 이따금 칠 벗겨진 창문을 덜컹덜컹 밀다 갔다

녹슨 함석 덧문을 삐걱 열자 만월의 저편 그늘에 멈추었
던 시간 이물대에 모여든 뼈저린 것들 손을 내밀었다

타투, 소사나무

소사나무는 상처가 깊었다

마주친 사내
동공이 어둑어둑 가라앉고 있었지

일류 최초의 문신은 아담의 그곳, 수치심을 가린 나뭇잎
검게 그을린 문양 사내의 어깨에서 길게 꿈틀거렸다 배
를 깔고 느릿느릿 기어가는 이무기 광채 잃은 비늘 툭 불거
진 눈망울 사내의 낙서투성이 몸이 어지러운 문신 안에 갇
혀 있다 부러진 열망 깊은 상처 안에 이무기로 똬리 틀었다

두려운 마음 감추고 소사나무에게 말을 건넸지만
사내도 나무도 짙은 안개 속으로 사라졌다

당신의 심장

돈암서원 외삼문을 봅니다 기둥 아래 주춧돌 안쪽은 팔각 뒤쪽은 원형의 돌이 괴어져 있지요 거친 호흡 가다듬어 팔각을 네모로 오래 둥글리다 보면 능선처럼 완만하게 흐르는 게 있지요

당신이 걸어온 시간에게 말을 걸어 봅니다 몸싸움의 흉터와 혀의 거친 자취 당신이 걸어간 외나무다리와 가시덤불의 흔적이 말을 걸어요

모서리 다듬다 보면 비로소 둥근 마침표를 얻은 주춧돌 당신이 둥글게 다듬은 것은 심장 생각을 다듬듯 내 왼쪽 가슴께를 문질러 돌의 환한 마음 불러냈어요

밀롱가의 애인들

　파도는 뜬눈으로 와서 어디로 가는지 밤새 그 길을 묻는
다 가늘고 높은 탱고 조로 먼 바다로 떠나는 썰물 반도네온
이 연주하는 어두운 멜로디에 맞추어 서로 껴안은 채 대열
을 이루었다 남자와 여자들의 끝없는 크로스 크로스 천천
히 다가왔다가 뒷걸음치며 호흡을 맞추어 한 몸이 되는 밀
롱가 밤거리 내 곁을 스쳐간 애인들 시계 반대 방향으로 돌
고 돌아 끝없는 무도장 컴컴한 어둠 속으로 건너가고 나를
비껴 먼 허공을 향한 시선은 무표정했다 누군가 폭죽을 바
다 멀리 쏘아 올렸다 검은 불빛을 켠 칠흑의 나락으로 꼬리
별처럼 흩어지는 오래된 기억의 잔해들 깜빡이 조명 아래
애인들의 춤은 더욱 현란해졌다 그들에게 다가가자 밀롱가•
춤꾼들은 황급히 사라졌다

•밀롱가(Milonga): 탱고를 즐기기 위해 사람들이 모이는 장소나 시간.

Green-way

Green-way,

이정표 따라간다 드러난 흙 가슴 긴 띠처럼 이어진 붉은 길 산을 가로질러 둘로 나뉜[●] 이곳을 우리는 길이라 부르고 그들은 집이라 부른다

Green-way,

사람이 산과 산을 이어 놓은 도시의 길 그들의 보금자리 갈라놓은 경계선 뱀처럼 반들반들 닳았다 어수선한 발자국 사슴 고라니 가슴 차갑게 식었다 봄마다 혀 내밀던 새순들 새들이 짝을 이루고 풀꽃들 어깨 춤추던 이곳, 길이라 우기며 나무를 베어 내고 옹달샘 물길을 걷어 내 굳은 땅이 되었다

Green-way,

그들의 부푼 가슴에 대못을 치는 일이어서 미처 떠나지 못한 어린 영혼들 기웃거리고 이따금 길 위에 긴 그림자 어른거리는 붉은 눈물 띠처럼 이어진 그린웨이

●다큐멘터리 「어느 날 그 길에서」.

거울, 오래된

— 윤두수 초상화

허공에 얼굴 하나 둥둥 떠 있다 귀는 사라졌다 올올이 쓸어 넘긴 구레나룻 호랑이 갈기 같은 두 줄기 긴 수염 꾹 다문 입 깊은 눈은 정면을 쏘아보았다

청청 푸른 시간을 건너온 바람은 귀를 닦아라 닦아라 채근한다 입술 달싹거리면 귀가 먼저 알아들었다 귀와 입은 한 뿌리에서 자랐다

백동거울을 뚫어져라 쳐다보는 거울 속 사내 녹우당 눈썹지붕이 보이고 푸른 비로 내리는 비자나무 잎들 욕된 소리나 듣던 두 귀 큰 짐승 울음 따라 비자나무 숲으로 들었다

내 자화상은 눈을 그리지 않겠다 혼탁한 것 무수히 들여다본 눈 푸른 녹 두껍게 낀 늪이다 청동거울을 뒤집어 놓았다

엘르리크*

시베리아 남단 알타이의 늙은 유랑자 악기를 메고 걷는 흙먼짓길

나귀걸음으로 다가온 잣나무 정령이 저음을 불러와 눈 덮인 강가로 인도하지

독신의 사내는 눈구름 머금은 목소리로 노래하는 늙은 악사

영혼을 울리는 그 소리는 바람을 타고 강과 숲을 넘나들 었다

노래에 이끌린 흰여우 황금 강을 건너 숲으로 숨어들었다

동굴에서 울려오는 여우 울음이 전문 유랑 가수의 목울 대를 넘나들며 알타이 가파른 산을 넘는다

명멸되는 존재들은 끝임없이 카이** 노래로 반복되고 있다

●엘르리크: 알타이의 건국신화에 나오는 신.
●●카이: 알타이의 목울대 노래.

37

물화석

바닥이 드러난 예당저수지 오랜 가뭄으로 빛과 어둠의 시간이 층을 이룬 화석이다 늘어진 능수버들 긴 그림자 사이 불덩이 툭 떨어졌다 물결 사이사이 굴러가는 빛살들 지층을 이루던 물화석이 한 겹씩 벗겨지고 있다 수몰된 물의 아랫녘 지하에서 낯익은 네 얼굴 익숙한 체취 손에 닿을 듯 닿을 듯 치자꽃 터지는 소리와 컴컴한 담장 너머 열에 들뜬 이의 가쁜 숨소리 힘겹게 부르는 이름 갈라진 틈으로 울컥 울컥 토해 낸다 골과 골 사이 떠오르는 운무처럼 마른 흙 가슴을 건너는 물화석의 붉은 소용돌이

그 밤 악기 소리 듣다

그날 어둑해지자 공터에서 서커스가 열렸죠 가문비나무마다 조명등이 걸리고 천막 높이 매달린 풍선 바람개비는 무지개를 돌리고 돌렸죠

가지치기로 뭉툭한 꼭대기 어린 방울뱀이 피리를 불고 있었죠 보세요 그 곁에 또 건너편에도 합주하고 있죠 서커스를 처음 보았을 때처럼 가슴이 마구 뛰었죠 서커스단에서 피리를 불어 주던 그 방울뱀일까요

내 그리움과 호기심의 가문비 가지들 한때 사방팔방 뻗어 갔죠 하나하나 잘려지자 몸통만 남은 나무처럼 덩그런 마음 적적했죠 피리를 불어 주던 방울뱀도 사라지고 내 안에서 악기 소리 들리지 않았죠 한때 내 안에 살다가 초원으로 떠난 방울뱀이 꿈처럼 피리를 불어 주는 걸까요

가야의 커다란 아궁이

　인디언은 십일월을 모두 다 사라지는 건 아닌 달이라 불렀다

　십일월의 초승달은 쪽배 우포 깊은 수면에 물구나무서 있다 가야 이전에도 뱃길이던 물 억새 숲으로 쪽배를 밀어 올렸다 제자리 맴돌 뿐 들어가는 문을 찾을 수 없다 나를 들이지 않는다 손에 닿을 듯 언저리만 더듬다 저물어 가고

　말간 부리 검은 고니 늪 구멍을 물끄러미 들여다본다 자욱한 이내 아득해 보이는 수초들 물새들은 제 아궁이에 불씨를 묻으려 귀를 세우고

　늪도 하늘도 빛을 잃었다 숨겨 놓은 불씨 찾아 아궁이에 불 지피는 이 있어 이따금 별빛이 환하게 타오르는 것 저마다 재를 긁고 불을 피우자 늪의 서편이 무쇠솥처럼 설설 끓는다 누군가 남의 옆구리에 부리를 밀어 넣었을까 소란한 소리 들끓다가도 보이지 않는 손길이 어루만지자 다시 잠잠해졌다

야생의 기원

경마공원 풀밭에 서 있는 청동상들 등뼈 곧게 펴고 엉덩이를 쳐든 채 거친 숨소리를 내고 있죠 그 앞 팔차선 도로는 맹수들이 우글거리는 밀림 하이에나 사자 표범들이 전속력으로 달려요 서로 꼬리를 물고 으르렁거리고 눈 깜짝할 사이 숲으로 내동댕이쳐져요

사라진 야생 프셰발스키 말은 유일하게 몽골에만 있는데 이른 아침 돌아와 낮잠을 자고 해질 무렵 먹이 찾아 이동해요 먼 초원에서 이 도시까지 달려왔을까요 푸른 신호등이 휘두르는 채찍 아래 눈을 껌벅거리는 망아지들 빌딩의 번쩍거리는 불빛은 표범의 발광하는 눈 맹수들 울부짖자 사지가 오그라든 어린 말들 나무가 부러지고 흙바람 불었죠 정글에서 튀어나온 사자, 어미는 목덜미 물려 외마디 비명이 바닥으로 쓰러지고 곁을 맴돌던 망아지들 놀라 버둥거리다 울타리를 넘었죠

어둠 저편 청동 말들 발굽 아래 흙바람 일으키며 어린 망아지 몰고 바람처럼 피리 소리처럼 몽골고원으로 달려가고 있겠죠

떨잠

궁중유물전시관에서 떨잠을 보았어요 여인의 가채에 꽂
힌 산호와 호박나비 작은 새의 접은 날개 쓰다듬는 이 없는
데 긴 속눈썹처럼 떨렸어요

팔각정 기와 틈에 노랗게 핀 감국 벌 나비가 춤추는 커다
란 떨잠이네요 바람 한 점 없는데 밀화구슬처럼 흔들려요

누군가 내 전생의 떨잠 팔각지붕 앞머리에 꽂아 두었을까
요 다소곳이 떨잠을 얹고 그 아래 서성거리자 쟁 쟁 쟁 옥
구슬 부딪는 소리 먼 전생으로 걸어가 나비와 새들을 풀어
주고 꽃들의 숨을 불어넣자 향기가 살아났어요

제3부

탑, 오동꽃

목리 가는 길, 암자 뒤뜰에 핀 늙은 오동꽃 공중에 쌓아 올린 보라보라 탑들 떠난 이들을 부르는 종소리 흘러나오고

흰옷 여미고 강 건너간 당신 긴 해 그림자 눕도록 돌아오지 않네 내 발길은 진흙길에 빠져 있고

오동 층층의 꽃차례에 묘비명 새겨 놓았을까 구름으로 떠돌다 오동나무 그늘 아래 움켜쥔 그 이름 천천히 풀어 주었네 당신이 마지막 포개 놓은 말의 탑

샤이닝°

당신은 안개나무들이 만든 아치교를 건너갔네

안개나무 숲길은 구름 속 같아 낙엽을 헤치고 안개를 걸어 내자 심장 모양의 돌이 발밑에 굴렀다 당신의 심장에 든 무수한 바람처럼 부드러운 곡선이 껴안은 수천의 구멍들

인디언 아팔라치 부족은 시공을 넘어 마음으로 대화를 나눈다고 믿었다 당신이 타지에서 마지막 큰 숨 몰아쉴 때 천 리 먼 고향의 문밖에서 신발 끄는 소리 들었다 그때는 인기척 소리로만 알았는데

인디언 부족이 피 끓는 심장을 바위 언덕에 묻고 떠났듯이 텃밭마저 넘어가고 바람처럼 떠돈 당신의 생 한 서린 뭉치 실 내려놓지 못했을까 침묵의 무지개다리 굽은 난간에 삼천삼백 가닥 오색실 걸어 두었네

돌의 시간은 제 무게를 얹은 채 이끼 틈에 정지되고 내 발길에 채인 어두운 시간들 안개나무들이 밀어내자 녹슨 시곗바늘은 다시 반짝이며 돌아가네

구름 너머 아팔라치 영혼은 입술을 열지 않고 말하는 법을
전해 주었다

●샤이닝: 다른 곳에 있는 자.

비파나무 비망록

쓰러진 비파나무 뿌리에 무수한 구렁 꿈틀거렸다

생장점의 비릿한 냄새와 통점의 흔적 사이

슬어 놓은 푸른 부전나비 알들

꽃 지는 시절과 무성한 열매를 가로지르던 태양의 시간

당신의 생애 담긴 구렁들 빠르게 사라져 간다

둥치 껍데기에 새긴 헝클어진 빗금들은

숨 멎은 것들이 떠나는 구부러진 길

빛바랜 비망록처럼 희미하다

바람이 부려 놓은 구름 한 짐에

느슨해진 척추 마디 삐걱거리고

비파나무의 많은 구렁을 가진 당신의 가슴

명치끝에서 마지막 푸른 부전나비 날아올랐다

영혼의 짝

　인디언 크로우 족은 태어날 때 새와 짝을 이루고 죽음 가까이에 피리 소리로 만난다고 믿었다

　검독수리 깃털 높이 꽂은 주술사는 강 언덕에서 흩어진 이름을 불러들였다 깊은 잠에 빠진 이를 나뭇단 배에 태우고 정령이 이끄는 바람 저편으로 밀어 올렸다 혀끝에서 풀려난 이름은 끊임없이 물 언저리를 맴돌다 어디론가 흘러갔다

　강어귀에 물별들이 돌아와 서성거렸다 저무는 강둑에 앉았다 새가 물거울에 부리 닦을 때 금빛과 검푸른 빛이 수천 번 몸을 섞으며 부르는 노래 물그림자에서 흘러나오는 피리 소리 들었다

　그림자에 홀려 어두워지는 줄 몰랐다 공중의 새와 눈이 마주친 그날 귀 설지 않은 피리 소리 들었다

바다의 조곡(弔哭)

부음을 전해 들었다

그는 한때 더블베이스 연주자 악기를 껴안고 밤업소에
서 연주를 했다

그는 뱃사람 현의 낮은 저음이 뱃전에 부딪혀 둔탁한 파
도 소리를 내고 있다 앙상한 손 움켜쥔 키 배를 바다 한가운
데로 밀어내고 있다 검은 바다로 미끄러지는 놓쳐 버린 시간
을 향해 흰 깃발 흔들었다 고함 소리와 거친 풍랑으로 변주
되었다 활을 높이 올렸다 배는 높은 파랑에 쓸려 가다 다시
일어났다 무중력의 몸 바람이 거세질수록 태풍의 중심처럼
고요하다 바다를 떠도는 새처럼 가볍다 심장박동이 희미해
질수록 정신이 맑다 그는 방랑자의 영혼을 지닌 철새 배는
그의 악기 사내는 영원한 더블베이스 연주자

풍경 소리

수덕사 대웅전의 풍경 소리는 망자를 기리는 독경 소리다
철따라 꽃살문의 연꽃이며 구름 당초무늬마다 소리 스며들
어 빛깔 더욱 선명한 걸까

영정 속 중년 남자와 여자 구름꽃으로 웃는다 부슬비는
내리고 백팔 배 올리는 무표정한 유족들 뼈저린 후회도 우
는 이도 없는 모래처럼 버석거리는 얼굴 스님 독경 낮아질
수록 길 잃은 풍경 소리 내 가슴 훑으며 뜨거운 것 치밀었다

당신의 사십구재 날 비바람 몰아치고 나무들 바닥을 쳤
다 떨리는 입으로 불경을 따라갔지만 두 눈은 아득히 먼 곳
을 더듬다 돌아오고 우리는 모처럼 모였다 줄 끊어진 구슬
처럼 알알이 흩어졌다

회화나무 문

언덕의 비탈길로 흙탕물 흘러내렸다 쓸려 가는 찔레꽃들 안개 숲 회화나무 어른거리는 문 앞에 섰다 부서진 빛살 문고리 더듬어 나를 밀어 넣었다 삭은 문지방을 넘으면 내 발목을 잡는 것들

다래끼 나면 젖은 속눈썹 올려놓은 삼거리 사금파리 조각처럼 내 머릿속이 잠시 빛났다 곱사등이 누나는 떠나지 못했다 누나 방에 밤마다 드나드는 사내 그날 둔탁한 소리 들렸다 들짐승의 날카로운 울음 바닥으로 엎어지고 비틀거리는 발밑으로 흩어진 얼룩 묻은 편지들

찔레 덤불 우거진 회화나무 서쪽 가지에 손발 늘어뜨린 누나 물웅덩이로 그림자 길게 누었다 수군거리는 눈과 입 내 귀도 낮은 바닥으로 흩어지고 까마귀 쉰 목소리 귀 안에서 파닥거렸다 소문은 찔레꽃처럼 하얗게 타오르다 사그라졌다 어두운 하늘 끝으로 날아간 까마귀 회화나무 숲으로 숨어들자 사방이 저물었다 모든 게 사라지고 나 혼자 언덕 위에 서 있다

바다 악보

마량 바다에는 하루에 두 번 바다의 조곡(弔曲)이 연주
된다

희고 부드러운 모래펄에 그려진 바다 악보 비단조개가 맨
몸으로 그린 오선지

동생은 모래펄에 발자국 찍으며 먼 바다로 떠났다 흑점
으로 박혀 있는 악보 눈알 같은 온음표들 그가 고치고 고
친 빛바랜 미완성 악보 오늘 비단조개 발자국 악보로 완성
되었다

파도의 알레그로 목 놓아 부르는 소리 노을 춤의 스러지
는 아다지오 이제야 눈이 열리고 귀가 트여 먼 바다 가슴 저
미는 노래 귀담아 듣는다 첼로 무반주 협주곡 바다의 조곡

청동거울 뒷면

버들가지에 걸린 흰 머플러의 날개 퍼덕거렸다 저수지에 자주빛 치마 부풀어 올랐다 얼룩진 치마는 뒤집힌 채 수면의 중심에서 조금씩 멀어지고

먹빛 구름 몰아치자 수면엔 수천의 희번덕이는 이무기 눈 둑길을 서성거리다 그것과 마주친 걸까 깊이를 모르는 눈구멍 속으로 들어간 그녀

저수지 언덕에 혀 물은 곤줄박이 바람은 만개한 흰 제비꽃들 떠밀어 새의 날갯죽지 떠메고 간다 흰 두건 쓴 상여꾼들 청동거울 빗살무늬처럼 기우뚱 숨을 고르다 먼 길 내딛는 발걸음 비틀거리는 긴 운구 행렬

어둑해지자 거울 앞면이 닫히고 뒷면에 풀린 이무기 눈동자 떠올랐다 그림자 짙은 물의 저편에서 오래도록 붙잡는 새의 흐느낌

납관인°

그는 첼리스트였다 현을 어루만지던 손으로 영원한 여행을 시작하는 이들을 떠나보냈다

하얗고 긴 손가락으로 강물 속울음을 첼로 속으로 흘려보내곤 했다

유년의 다락방에서 첼로를 꺼냈다 그 안에 든 누런 종이에 싼 조약돌 하나, 강바닥을 구르는 물소리 들렸다 물수제비를 뜨는 손과 손 아버지는 조약돌을 작은 손에 쥐어 주고 떠났다

어머니를 떠난 아버지 부음을 듣고 소읍에 도착했다 유품은 이십 년 전 들고 나간 트렁크 하나 주름투성이 낯선 사내가 누워 있다 가슴에 꼭 모아 쥔 손을 펴자 닳은 지문처럼 반질거리는 것 툭 떨어졌다

만삭의 아내 배에 부적처럼 대어 주었던 조약돌

●영화「굿 바이」에서.

56

신라의 피리 소리

우물*에서 피리 소리 들었다 어린아이 새 고양이 뛰어들었다 얼룩 없는 영혼을 받아 천년을 품었을 샹그리라

우물은 다른 세계로 건너는 또 다른 문이었음을 그들은 알았을까 샹그리라

수수밭 가운데 깊은 우물이 있었다 신발을 빠뜨리면 그 주인을 데려간다는 어린 날 수숫대 여물어 핏빛으로 일렁일 때 피리 소리 귓속으로 흘러들었다 동생의 부푼 신발을 건져 낸 수렁 우물에서 누군가 발길을 끌어당겼을 샹그리라

밤마다 깊은 우물을 팠다 버석거리는 흙과 자갈돌 가느다란 뼛조각 소리 맑은 음 골라내어 차곡차곡 내려놓자 그때의 피리 소리 영가(靈歌)처럼 들렸다 샹그리라

* 신라 인왕동 우물터에서 토기, 어린아이 뼈와 고양이, 말, 개의 뼈가 나왔다.

신 조홍시가(早紅柿歌)

홍시 한 알 나뭇가지에 일몰의 해처럼 매달려 있네

안개 사이로 멀어지는 해 손을 내밀어 거두려는데 움켜쥐면
붉은 물감 쏟아질 것 같아 품으려다 말았다

언 홍시 너무 늦게 꺼내 놓아 못 드시고 가셨네 그날 서서히
당신 몸 허물며 배내 것 흥건히 다 쏟아 내셨네 완숙의 감

누군가 서쪽 하늘에 홍시 하나 얹어 두었네 늦지 않게 저
감을 거두어 서편 어머니께 날마다 드리려 하네

꽃돌

　누군가의 꽃이 되지 못한 누이 노을의 시간이 그녀의 몸을 바꾸었다 채색되는 화선지처럼 꽃잎 느릿느릿 포개지고

　꽃을 품는다는 것은 가시 또한 품는 일 달이 부풀고 지는 사이 기억의 저편으로 용암이 끓어올랐다

　속눈썹 짙은 누이는 사는 일 힘겨워 들길을 맨발로 내달리곤 했다 발밑에 흩어지는 어린 꽃잎 짓뭉개진 붉은 물 흘러내렸다 달무리 지는 밤마다 검붉은 모란꽃 뱉어 내었다

제4부

개기월식

모니터에 달무리 번진 그믐달 떠올랐다 분리된 망막은 내린 커튼처럼 어둡다 월식이다 당신의 부푼 마음을 삼키는 소용돌이 검은 달빛이 범람했다 건널 수 없는 강물이 출렁거려 풀린 배는 지평을 잃고

검은자위가 렌즈 조리개처럼 활짝 열렸다 홍채 깜깜하다 빛이 사라진 별 탁한 물의 바닥은 보이지 않고 겹쳐지는 강물 납빛이다 밤과 낮이 바뀐 시계(視界) 어둠 속에 또 다른 잔영들 홍련 한 송이 길잡이 등처럼 떠 있다 당신은 등불 받들고 기억의 강 건너가는가

가시의 가계도

호랑가시나무의 가시는 원래 꽃이었다

하늘은 고요하고 나른한 오후 목을 늘여 생각의 촉수를 뻗는데 벌과 나비들은 추파를 던지며 등에 올라타고 잡아 흔들었다 곡예단이 찾아온 장터처럼 북적거려 명상에 들 수 없었다

나무는 화려하고 요염한 헛꽃을 피워 유인하기로 했다 색과 향을 몸 안쪽 깊이 숨겼다 칩거 후 가시꽃은 표층의 외골격을 얻었다 그때부터 꽃이 아니라 가시라 불리고 마음의 안식을 얻을 수 있었다

대지의 가슴에도 가시가 있다 얼어붙은 흙을 뚫고 차고 예리하게 반짝이는 서리꽃

하늘에도 가시가 있다 밤마다 창끝처럼 자라는 모서리 벼리는 별꽃

내 가슴에도 가시가 있다 화려한 장미꽃을 버리자 시든 꽃 위에 검붉은 꼭지 열매 한 쌍 얻었다

색도 향도 없는 꽃 영결식장의 흰 국화 다발 파티장의 색
색의 알전구 같은 현란한 헛꽃들 피어났다 벌 나비가 환호
하는 꽃이라 부르는 허상들

산사의 메아리

한 쌍을 이루는 입술처럼 범종과 그 아래 묻혀 있는 질
항아리

저녁 예불 시간, 범종을 치자 잊었던 이름들 유성우처럼
쏟아지는데

항아리 속에 얼굴을 들이밀고 이름을 불러 보았다 능선에
우두커니 서 있는 것들의 뒷모습처럼 대답이 없다 떨리는 입
술 휘청거리는 걸음 바람의 웅얼거리는 소리로 흩어지는데

두려움에 귀를 막고 혀로 입술을 축이는 동안 메아리가
되지 못한 말들 내 귀를 아프게 비틀었다 너와 나의 엇갈린
시간처럼

검은 눈썹 알바트로스

바람은 새들의 뼛속으로부터 일어났다

갈라파고스 먼 바다에서 새는 폭풍우 가르며 날개를 펼쳤다

바다는 뒤집히고 붉은 모래펄에 끝없이 쏟아지는 파도 맹그로브 나무들 쓰러졌다 지금은 하늘과 바다가 한 덩어리 내 몸이 바다 쪽으로 떠밀려 간다

알바트로스, 날개가 해안선 닮은 분홍 부리 바람의 새 쉬지 않고 가장 멀리 높이 나는 신천옹(信天翁) 그 새가 돌아왔다 흔들리지 않고 검은 바다를 건너는 건 새 안의 바람이다

뼈를 바람으로 채웠다 바람이 마주칠 때 새는 날았다 새가 머리 뉠 때 바람도 스러졌다

여름, 변주곡

여름 숲은 종합 패션 매장이다

달맞이꽃 원피스에 앉은 호랑나비 브로치

쇼윈도에 매달린 패랭이꽃 붉은 바지

다람쥐 클러치 백

네게 잘 어울릴 것 같은 굴참나무 프록코트를 한참 동안
만지작거렸어

메타스퀘어 스키니 바지를 입어 보았지

허벅지에 걸려 올라가지 않았어

아카시아 웨딩드레스 앞에서 자주 발길이 멈추었어

부푼 드레스 자락이 수정 무지개처럼 환해서

오목가슴의 그늘을 밝혀 주었어

저 아치문을 열면 너를 만날 수 있을까

흐린 눈빛 웅크린 어깨와 오그라든 심장을

빌린 핸드백 빌린 구두…… 신상으로 치장한다

상징

붉은 사슴 수컷은 목소리로 힘을 겨룬다 목소리로 우두머리도 되고 암컷을 차지한다 뿔이 간지러운 어린 수컷들 큰 울음소리에 멀리서도 뿔을 낮추어 뒷걸음질친다

젊은 날 술 취한 남편이 수컷의 깨진 징 소리를 낼 때 어린 그녀는 구석에 숨어서 가냘프게 꽹과리처럼 울곤 했다

자갈길을 달리던 그녀 뼈마디 굵어지고 몸집이 커졌다 시장 어귀에서부터 들리는 낮고 둔탁한 그녀의 목소리 좌판에서 큰곰처럼 두 손 높이 들어 박수를 치고 발을 굴러 호객을 한다

그녀는 큰 목소리로 힘을 얻었다 숨어 있던 남성성이 불끈 살아났다 붉은 사슴 수컷의 크고 투박한 목소리를 가졌다 이제 그녀는 큰 징 소리로 울었다

이별은 스키드마크를 따라온다

강변의 버드나무 억새 숲을 지나 자전거를 달린다 바퀴
살에 감겼다 풀리고 다시 감기는 긴 그림자 고개 숙인 네 얼
굴도 감겨 온다 바닥에 헝클어진 발자국들 우리 빗나간 시
선도 선명하게 찍혀 있다 귀밑머리 미풍에 흘러내리듯 넘실
거리는 물결 깊은 물밑에선 툭툭 부러지는 급물살 결별은
마침내 내 안에 급브레이크 자국을 남겼다 부러진 나무 단
면처럼 짧고 거칠게 끝이 났다 굽은 길에 깊이 파인 타이어
자국 담장을 뛰어넘은 고양이의 미끄러진 자국 후미진 뒤뜰
에 남긴 사라진 이의 급한 발자국 데인 상처처럼 깊은 흉터
로 남아 섬광처럼 뇌수 깊이 꽂히는 스키드마크

가죽 소파

그와 헤어진 날 밤 가죽 소파에 얼굴을 묻었다 풀벌레
소리 내 귀에 찬 우물을 파서 머릿속을 하얗게 지워 가고

밑에서 꿈틀거리는 게 있다 엎지른 얼룩 늪에 악어가 살
고 있었던 것 눈물이 가득 고여 얼룩을 먹고 악어를 먹고
강을 이루고

떠오르는 악어의 등 요동치는 꼬리 삼킨 것을 벌겋게 토해
내는 커다랗게 벌린 입 머릿속은 점점 헝클어지고 나쁜 기
억은 거미줄처럼 들러붙었다 가슴은 말라 버린 늪처럼 굳
어 간다

무한궤도

  나무는 제 무덤을 만들지 않는다 그 자리에 길게 누울 뿐
구덩이를 파거나 흙을 이불 삼지 않는다 누군가 쓰러진 나
무들 쌓아 놓고 봉분을 세웠다 자궁이며 벌레의 집

  모닥불을 피우는 저녁 나무의 수화에 귀 기울인다 불길
에 빗방울 소리와 흙탕물 쓸려 가는 비명 소리 고독한 이
의 간절한 눈빛 끊어진 능선에서 머뭇거리는 작은 그림자
의 어지러운 춤

  흙으로 돌아가는 나무의 생 흙 속에 벌레가 새들은 벌레
를 쫓고 사람은 새를 엿보다 흙으로 돌아간다 다시 흙에서
나무가……

느티나무 그늘

예산 상중리의 천년 된 느티나무 이 나무에 배를 맸다는 전설 물속 같은 하늘 올려 본다 허공에 느티나무 배 한 척 흔들리고

정월의 느티나무 잔가지 강물에 던진 그물처럼 가지런히 펼쳐졌다 빗살무늬 음각 그늘 새겨 두고 그 끝을 낮달이 꼭 쥐고 있다 야윈 손 쓰린 명치를 쓸어 주는 당신의 따스한 손 무릎 베고 잠든 그날의 고요

북서풍이 느티나무 잔뼈를 흔들 때마다 깊은 신음처럼 찬 그늘 토해 내고 한눈파는 사이 내 명치에도 이미 구덩이 파 놓고 갔을까 등줄기를 빠져나가는 이 서늘한 기운은 무엇일까

푸른 꽃 문신

사하라사막 소금 호수에 태양이 낮게 뜨는 계절 소금 사막 쇼트 엘 제리드에 수천수만 소금 꽃송이 핀다 예리한 날을 세우다가 막 불어 놓은 유리꽃처럼 투명하다 끓어오르다 터지고 다시 부풀어 오르는 것들 지울 수 없는 기억처럼 끝이 보이지 않아 쓸쓸하다 소금 덩이 찍어 내어 낙타 등에 싣고 돌아오는 길 낙타와 소금 덩이와 나는 한 몸 되어 느릿느릿 그림자로 줄지어 간다 우리가 지나간 발자국마다 땀의 꽃으로 피어난다 꽃 진 자리마다 얼룩 그림자 또렷하다 머물던 것들의 날카로운 발자취 푸른 문신으로 피어난다 사막의 하루치 고된 몸 꽃들

십일월은 붉은 강

오랜 도반처럼 등 기대고 강물 헤치며 건너는 나무 수북이 쌓인 나뭇잎들 붉은 강을 이루고 깃든 새들은 낙엽 몇 장 물고 강을 거슬러 올라 지평에 줄을 긋고

얼룩꽃 엉켜 있는 지하에 가랑잎새들 서넛씩 모였다 흩어지곤 했다

강물에 떠밀려 온 여자 구석에 언 몸 기대어 움츠리고 있다 누군가 흘리고 간 작은 알람 시계 만지작거리지만 멈추어 버린 초침 안에 새도 나무도 불어나는 붉은 강물에 갇혔다

능선을 넘지 못하는 회색 구름처럼 여인과 새들은 남겨지고 십일월은 출구 어디론지 홀연히 사라졌다

지중해에서 대서양까지

화폭 가득 뻗어 가는 리차드 롱[*]의 물줄기들 가지에서 가
지로 터지는 불꽃 멀리 높게 퍼져 나갔다 대서양에서 인도
양까지 파도 소용돌이 따라 화폭에서 오랫동안 걸어간 나
무 겨울 회화나무 숲에 다다랐다 회화나무로 만난 물줄기
들 물의 소용돌이 일으켰다 지평선과 맞닿은 하늘은 만조
의 바다 노을에 잠긴 붉은 물줄기의 수천 갈래 불꽃 물줄
기였다가 다시 불길 일어 쏜살같이 캔버스로 내달려 간다

●리차드 롱(Richard Long, 1945-): 영국의 조각가이자 사진작가,
화가.

유적과 주술과 상상의 생성적 노래
― 정연희의 시 세계

유성호(문학평론가·한양대학교 교수)

1.

정연희 신작 시집 『불의 정원』은, 타오르는 불길 같은 시적 정념이 '유적(遺跡)'과 '주술'과 '상상'의 형식을 빌려 승화한 일대 도록(圖錄)이라 할 만하다. 시인은 오랜 시간 속에서 솟아오르는 단속적 풍경들에 자신의 시적 열정을 남김없이 바치고 있는데, 그것은 일차적으로 '시(詩)'를 통해 자신만의 선명한 기억들을 재현하는 과정으로 나타난다. 명료한 질서(cosmos)보다는 활달한 혼돈(chaos)을 취하여 그것을 지난날의 기억 속에 배치하려는 시인의 욕망은, 일종의 유목적 감각에 의해 다채로운 이미지군(群)을 활달하게 배치하면서, 그녀의 시로 하여금 묵시(黙示)적 이미지들로 전이하게끔 만들어 준다. 그래서 그녀 시편들은 평범한 환상 시편으로부터 벗어나, 삶의 양상을 가파른 실존의 원리로 탐색하고 표현하는 개성적 세계를 구축하게 된다. 시인 스스로도 "새떼들은/ 알 수 없는 언어로 주문을 걸고 춤을 춘다"(「시인의 말」)라고 했지만, 어쩌면 그녀 스스로 자신의 시편 안으로 그러한 주문이 육화하는 순간을 목도했을지도 모른다. 이 글은 이러한 '유적'과 '주문'과 '상상'으로 관통하는 정연희 시집의 돌올한 생성적 개성에 접근해 가는 한 방법으로 씌어진다.

2.

이번 시집에서 정연희 시편이 의존하는 형상들은 대체로 원형 상징의 속성을 강하게 띠고 있다. 바슐라르(G. Ba-chelard)가 물질적 상상력의 요소로 뽑았던 '물, 불, 공기, 흙' 혹은 동양의 오랜 세계 구성 원리였던 '지수화풍(地水火風)'이 바로 그것이다. 시적 상상력의 작용이나 역할을 존재 생성의 내면적 힘으로 본 바슐라르는 인간 내부에 있는 존재 생성의 힘을 '상상력'이라 규정하고, 시가 이성에 호소하는 것이 아니라 감각적 경험과 함께 '상상력'에 의존하는 것이라고 갈파하였다. 이때 '상상력'이란 단순한 재현적 이미지를 유도하는 데 멈추지 않고 새로운 이미지를 창조해 내는 능력이 된다. 이는 주체와 대상을 분리하여 주체로 하여금 능동적 변화를 이끌어 가게끔 하는 것을 전제하며, 일종의 주객 분리를 통해 주체의 능동적 인식 기능을 강조한 것이다. 정연희 시편은 이러한 능동적 상상력이 독자적인 극점을 이룬 경우이며, 그 극점을 감싸고 있는 것은 대체로 원형 상징들이라 할 것이다.

향천사 계곡에 꽃무릇 피었다

작은 기침 소리에도 불꽃 숨 살아나는 그곳

바람이 짚어 주는 흰 이마 가지런한 콧등

잊었던 얼굴 어룽거렸어

꿈인 듯 물가를 기웃대는데

누군가 내 어깨에 손을 얹고 눈과 귀를 가렸어

붉은 구름 더듬어

눈 맑은 이가 이끄는 물의 정원에 닿았다

물그림자 쪽으로 발을 들여놓자 눈썹 사이로 타오르는
불길

—「불의 정원」 전문

붉은 꽃무릇 피어난 사찰의 계곡은 어쩌면 작은 기척에도 불꽃 숨이 살아나는 곳일지 모른다. '바람'이 흰 이마와 가지런한 콧등을 짚어 주자 잊었던 얼굴도 그 불꽃 숨과 함께 살아나는 그곳에서는, 누군가 꿈처럼 다가와 시인의 어깨에 손을 얹고 눈과 귀를 가린다. 그때 모든 감각이 차단된 순간의 힘으로 시인은 붉은 구름을 더듬어 "물의 정원"에 가닿는다. 어느 눈 맑은 이가 이끌어 준 그곳에서는 눈썹 사이로 타오르는 불길이 가득하고, 시인은 이 상상 속의 정원에서 '물'과 '불'을 교차시키면서 새로운 감각적 변주를 수행한다. 그 결과 시인이 닿은 "물의 정원"은 곧 "불의 정원"으로 전이되어 갈 수 있었던 것이다. 또한 그곳은 지상의 모든 세속적 이치나 감각을 초월하여 "유적지 하늘 저편"(「이주민의 유적지」)까지 상상력이 원심적 확장을 거듭한 곳이기도 할 터이다. 이렇게 '물/불/바람'이 탄주하는 이미지들은 의미론적 명징함보다는 시어들끼리 부딪치며 생성하는 불연속성을 통해 섬세한 감각적 확산을 도모하게 된다. 블랑쇼(M. Blanchot)의 말처럼, "세계의 외곽에서 그리고 마치 시간의 종말에서인 것처럼 스스로를 위치시키기 위하여 현재의 장소와 시점을 초월하는" 시적 특권을 충족시키고 있다고 할 수 있는 것이다. 다음 작품은 어떠한가.

나무는 제 무덤을 만들지 않는다 그 자리에 길게 누울 뿐
구덩이를 파거나 흙을 이불 삼지 않는다 누군가 쓰러진 나무
들 쌓아 놓고 봉분을 세웠다 자궁이며 벌레의 집

모닥불을 피우는 저녁 나무의 수화에 귀 기울인다 불길
에 빗방울 소리와 흙탕물 쓸려 가는 비명 소리 고독한 이
의 간절한 눈빛 끊어진 능선에서 머뭇거리는 작은 그림자
의 어지러운 춤

흙으로 돌아가는 나무의 생 흙 속에 벌레가 새들은 벌
레를 쫓고 사람은 새를 엿보다 흙으로 돌아간다 다시 흙에
서 나무가……

— 「무한궤도」 전문

여기서 "무한궤도"란 나무와 벌레와 새와 흙이 서로를 이
끌며 돌아가는 회전과 순환의 구도(構圖)를 말한다. 이는 자
연 사물들끼리 서로 거대한 사슬을 두르고 존재함을 말하는
우주론적 사유의 결과이기도 하고, 또한 모든 존재자들이
서로 기대고 의존한다는 생태적 사유에서 발원하는 것이기
도 하다. 가령 나무는 제 무덤을 만들거나 흙을 이불 삼지
않는 법인데, 누군가 쓰러진 나무들을 쌓아 놓고 봉분을 세
웠다. 그래서 그곳은 무덤(tomb)이며 동시에 자궁(womb)
이 되는 것이 아닌가. 저녁이 되어 나무의 '수화(手話/樹話)'
에 귀 기울인 시인은 '불/물/흙'이 섞이는 거대한 비명 소리
를 듣고 그 속에서 "고독한 이의 간절한 눈빛"과 "머뭇거리
는 작은 그림자의 어지러운 춤"을 바라본다. 이러한 과정
은 "흙으로 돌아가는 나무의 생"의 마지막 장면인 동시에

'흙'과 '벌레'와 '새'와 '사람'이 서로 거대한 체인에 의해 묶이고 또 순환하는 상생의 프로그램을 알려 주는 순간이 아닐 수 없다. 마치 "소리의 파동이 남긴 나무의 가슴 주름 잔무늬들"(「자기폭풍」)이 보이는 듯하고, "골과 골 사이 떠오르는 운무처럼 마른 흙 가슴을 건너는 물화석의 붉은 소용돌이"(「물화석」) 소리가 들리는 듯하다.

이처럼 정연희 시편은 자연 사물을 적극적인 시적 대상으로 취하되 손쉬운 알레고리로의 유혹으로부터 완강히 자신의 개성적 권역을 지켜 낸다. 자신에게로 슬하게 우주의 중심 위치를 부여하려는 회귀적 나르시시즘으로부터도 가뿐하게 벗어난다. 또한 위악으로의 경사나 키치의 포즈도 단호하게 배제하면서, 오로지 감각의 상상적 개입을 통해서만 삶의 불투명성을 격정적으로 구성해 가고 있다. 그 점에서 원형 상징(물/불/흙/바람)은 그의 시가 겨눈 방법적 표적이기도 하지만, 그의 시가 나고 자란 최적의 유목적 서식지이기도 했을 것이다. 단연 최근 우리 시단에서 빛나는 개성적인 묵시적 광채가 아닐 수 없다.

3.

다음으로 정연희 시편은 시공간의 시원(始原)을 암시하는 가파르거나 한적한 곳에 한껏 가닿는다. 우리는 그녀가 선명하게 택하는 시적 경험의 한 방식이 상상적 거소(居所)로의 시공간 이동 형식임을 잘 알고 있다. 그녀는 그렇게 길 위에서 가장 고전적인 사유의 우물을 파고, 그곳에서 순간 순간 마주치는 사물들과 그것들이 이루어 내는 풍경을 바라본다. 그 가운데 시인의 발길이 빈번하게 닿는 곳은 정밀 (靜謐)과 신성(神聖)이 동시에 살아 있는 곳인데, 시집 곳곳에 퍼져 있는 신성한 장소들은 정연희 시인의 근원적 사색을 돕는 호환할 수 없는 사유와 감각의 수원(水源)이 되어 주고 있는 것이다.

비옥한 대지 케추아 부족 해변 마을에 죽은 자들의 날이 오면 샛노란 꽃을 돌무지에 뿌리며 영혼을 인도한다지 망자를 부르는 붉은 독수리 연을 날리지

수평선에 걸린 산호 덩이를 어둠이 천천히 삼키자 검은 이를 드러냈어 잠잠하던 바다는 날뛰고 풍랑은 범고래처럼 일어서며 주변을 삼켰어 그의 목덜미를 움켜쥔 바람은 끝내 놓아주지 않고

반대편에서 난 풍등을 올렸어 이마에 문신을 한 용사 되어 그를 맞고 싶었지만 새 머리 연으로 힘차게 날아올랐어 눈이 마주친 건 새파란 초승달 누군가 어둠 저편에서 나직하게 불렀어 흘려보낸 얼굴을 두 손으로 꼭 잡았어 팽팽한 해안선을 연실처럼 느슨하게 풀어 주었지

—「마야의 초승달」 전문

'마야'는 일차적으로 중앙아메리카의 케추아 부족이 세운 고대 문명을 말한다. 비옥한 대지를 바탕으로 한 그 해변 마을에 죽은 자들의 날이 오면, 그네들은 노란 꽃을 돌무지에 뿌리며 영혼을 인도하곤 한다. 그렇게 삶과 죽음이 지근에 있어서 "망자를 부르는 붉은 독수리 연"은 이들의 삶에서 중요한 상징 기호가 된다. 어둠과 풍랑이 바다와 주변을 삼키자 '나'는 반대편에서 풍등을 올리는데, 이는 어느새 새 머리 연으로 힘차게 날아올라 새파란 초승달과 눈이 마주친다. 이때 "누군가"가 어둠 저편에서 마치 초승달처럼 나직하게 부르자 '나'는 얼굴을 두 손으로 꼭 잡은 채 해안선을 느슨하게 풀어 준다. 이처럼 "만월의 저편 그늘에 멈추었던 시간"(「구룡포」)과도 같이 "마야의 초승달"은 삶의 에너지와 죽음의 그로테스크를 한 차원 높게 묶어 내면서 가장 근원적인 사유와 감각을 시 안쪽으로 불러온다. '마야'라는 또 다른 뜻으로서의 '환영(幻影)'의 물질성이 자연스럽게 '유적'과 '주술'의 음악을 결속하는 순간이 아닐 수 없다. 그리고 이 순간이 바로 시인이 궁극적으로 귀소하려는 시공간의 시원을 암시하는 것이다.

　　구름은 새들이 숨겨 놓은 청동 운판 당신도 보았겠지만
　희미한 여명을 물고 줄지어 가는 새들 가냘픈 몸을 하늘 높
　이 날려 운판을 떠메러 가는 것

　　먼동이 틀 때 붉은가슴울새가 운판을 닦았다 음을 조율

하는 청동 쟁반 딩 딩 딩 거친 마음을 어루만져 주었다

　자운사 여승이 운판을 친다 세심천(洗心泉) 물안개 꽃들
깨어나고 촛불맨드라미는 불 밝혔다 세상 것이 아닌 듯 신
비한 소리는 대웅전을 지나 전각을 느릿느릿 돌아 백팔계단
제자리로 돌아왔다

　스님이 대웅전 꽃살문을 활짝 열자 허공을 헤매는 고독
한 영혼들과 새들은 머리 숙였다 내 불안정한 쉰 울음소리
와 남루한 날개를 탁 탁 치는 당신
　　　　　　　　　　　　　　　—「하늘의 운판」 전문

　'운판(雲版)'이란 절에서 식당이나 부엌에 달아 놓고 식사
시간을 알리기 위하여 치는 기구로써, 쇠나 청동으로 만든
구름 모양의 금속판을 말한다. 그런데 그 운판을 시인은 하
늘에 건다. 말하자면 글자 그대로 '구름'을 두고 새들이 숨
겨 놓은 "청동 운판"이라고 명명하는 것이다. 따라서 희미
한 여명에 줄지어 날아가는 새들은 '운판'을 떠메러 가는 것
이고, 먼동 틀 때 붉은가슴울새가 운판을 닦자 음을 조율
하는 청동 쟁반이 거친 마음을 어루만져 주는 것이다. 이때
시인의 시선은 다시 지상으로 내려와 운판을 치는 비구니와
피어나는 물안개 꽃들, 불 밝히는 촛불맨드라미에서 신비
한 소리를 듣는다. 여기서 '당신'이 '나'의 불안정한 울음소
리와 남루한 날개를 탁 탁 치자, '운판'은 하늘에도 지상의

사찰에도 '나'의 안에도 그 존재를 드러내게 된다. 이 트라이앵글(하늘/절/나)이 바로 정연희 시인이 치고 싶었던 진짜 '운판'의 형상이었을 것이다. 특별히 울고 있는 '나'와 날개를 치는 '당신'은 "야윈 손 쓰린 명치를 쓸어 주는 당신의 따스한 손 무릎 베고 잠든 그날의 고요"(「느티나무 그늘」)를 적극 연상케 하면서, 정밀(靜謐)과 신성(神聖)이 동시에 살아 있는 세계를 묵시적으로 완성한다.

결국 정연희 시편에 등장하는 '마야'나 "하늘의 운판"이 거느리는 음역(音域)은, 신비롭고 역동적인 동시에 고즈넉하고 쓸쓸한 실존을 모두 포괄한다. 그곳에는 '나'와 '당신'이 서로를 지척에서 겨누고 포옹해 내는 과정이 선연한 채색으로 담겨 있다. 참으로 애잔하고 아름다운 형상이다.

4.

다음으로 정연희 시학이 도달하는 곳은 삶의 오랜 상실과 부재의 흔적들이다. 물론 세계의 원리를 상실과 부재로 인식하는 것이, 정연희에게만 고유한 감각이라고 할 수는 없을 것이다. 대개의 시인들이 지칠 줄 모르고 우울과 불화와 불모성을 노래해 왔다고 해도 지나친 말이 아닐 것이니까 말이다. 하지만 정연희 시학에서의 상실과 부재의 증언에는, 개별적 상처들을 실존의 불가피한 속성으로 받아들이는 동시에 생성과 활력의 역설로 그것을 넘어서려는 이중의 운동이 내재해 있다고 해도 좋을 것이다. 그 운동이 다음과 같은 '소리'의 감각으로 선연하게 전해져 온다.

> 미륵사지는 빈 둥지 같았다 하늘재 가득 품던 목탁 소리 자운으로 떠돌고
>
> 마가목 늙은 나무는 천수관음 손을 가졌다 천 개의 손이 새들을 키우고 새들은 적막의 귀를 부르는데
>
> 잎사귀손가락마다 매달린 푸른 종소리 새들이 부리에 묻어 두었을까 붉은 열매 찢어 내자 경소리 쏟아졌다
>
> 무릎걸음으로 이마 조아려 큰절 올리는 동안 소리는 닫히고 잃어버린 당신의 말씀 듣는 천 개의 귀
>
> 빈손을 모으는 저녁 새들의 목탁 소리에 떨리는 가슴 두려움이 메아리치던 때가 있었다
>
> —「만종(晩鐘)」 전문

빈 둥지 같은 미륵사지에서 시인은 천수관음 손을 가진 "마가목 늙은 나무"가 들려주는 만종 소리를 듣는다. 새들이 부르는 "적막의 귀"나 "잎사귀손가락마다 매달린 푸른 종소리"는 모두 "경소리"와 어울리면서 폐허의 윤곽을 차차 완성해 간다. 그 순간 시인은 "잃어버린 당신의 말씀 듣

는 천 개의 귀"로 되살아난다. 폐허 속의 상상적 생성이 이렇게 가능해진다. 빈손 모으는 저녁 만종 소리는 그렇게 두려움으로 가득했던 때를 아스라하게 환기하면서도, "파도의 알레그로 목 놓아 부르는 소리 노을 춤의 스러지는 아다지오"(「바다 악보」)처럼 들려오는 신성하고도 궁극적인 숨결로 몸을 바꾸게 된다. 상실과 부재의 형상을 한 폐허에서 메아리치는 '적막'과 '말씀'의 사이로 신성한 만종 소리가 가득 울리고 있다.

수덕사 대웅전의 풍경 소리는 망자를 기리는 독경 소리다 철따라 꽃살문의 연꽃이며 구름 당초무늬마다 소리 스며들어 빛깔 더욱 선명한 걸까

영정 속 중년 남자와 여자 구름꽃으로 웃는다 부슬비는 내리고 백팔 배 올리는 무표정한 유족들 뼈저린 후회도 우는 이도 없는 모래처럼 버석거리는 얼굴 스님 독경 낮아질수록 길 잃은 풍경 소리 내 가슴 훑으며 뜨거운 것 치밀었다

당신의 사십구재 날 비바람 몰아치고 나무들 바닥을 쳤다 떨리는 입으로 불경을 따라갔지만 두 눈은 아득히 먼 곳을 더듬다 돌아오고 우리는 모처럼 모였다 줄 끊어진 구슬처럼 알알이 흩어졌다

—「풍경 소리」 전문

이번에 시인은 "수덕사 대웅전"으로 공간을 옮겨 그곳에서 "망자를 기리는 독경 소리"와도 같은 "풍경 소리"를 듣고 있다. 사찰의 무늬들도 모두 이러한 '소리'가 스며들어 그 빛깔을 더욱 선명하게 한 것일 터이다. "영정 속 중년 남자와 여자"를 두고 무표정한 유족들은 모래처럼 버석거리며 예를 치르고 있지만, 그 순간 '나'의 가슴을 훑으면서 지나가는 "뜨거운 것"이 있다. 그건 아마도, 유족들에게는 없는, 뼈저린 후회와 울음이 배인 그 무엇이었을 것이다. '당신'의 사십구재 날이 그 기억의 원적(原籍)인데, 그 순간 "그림자 희미해질수록 더욱 환해지는 당신의 내밀한 방"(「뒷모습」)이 유적처럼 다가온다. 하지만 비바람 몹시 몰아치고 나무들이 바닥을 치는 날에, '우리'는 풍경 소리처럼 모였다가 흩어졌다. 그 사이로 아득하게 번져 오는 풍경 소리만이 그날의 어둑하고 쓸쓸한 기억을 부조(浮彫)하고 있는 것이다. 여기서 '나/당신/우리'의 인칭군(群)이 조이고 푸는 상상력의 변주가 이 시편으로 하여금 분명한 부재를 상상적 충일함으로 견뎌 가게끔 하는 것이다.

　시베리아 남단 알타이의 늙은 유랑자 악기를 메고 걷는
　흙먼짓길

　나귀걸음으로 다가온 잣나무 정령이 저음을 불러와 눈
　덮인 강가로 인도하지

독신의 사내는 눈구름 머금은 목소리로 노래하는 늙은
악사

영혼을 울리는 그 소리는 바람을 타고 강과 숲을 넘나
들었다

노래에 이끌린 흰여우 황금 강을 건너 숲으로 숨어들었다

동굴에서 울려오는 여우 울음이 전문 유랑 가수의 목울
대를 넘나들며 알타이 가파른 산을 넘는다

명멸되는 존재들은 끊임없이 카이 노래로 반복되고 있다
—「엘르리크」 전문

'엘르리크'란 알타이의 건국신화에 나오는 신의 이름인
데, 그를 둘러싼 내러티브가 이 시편을 충실하게 감싸고 있
다. 시베리아 남단 알타이의 한 "늙은 유랑자"가 악기를 메
고 흙먼짓길을 걷는다. 잣나무 정령이 "저음"을 불러오고
사내는 "눈구름 머금은 목소리"로 노래한다. 이 늙은 악사
의 영혼을 울리는 '소리'는 바람을 타고 강과 숲을 적신다.
노래에 이끌린 여우가 숲으로 숨어들고 여우 울음은 가파른
산을 넘는다. 끊임없이 명멸하는 이러한 반복적 행위 양식
을 통해 알타이의 "카이"는 "천년의 동통"(「뫼비우스의 띠」)을
지나 진정한 '노래'에 천천히 다다르고 있다. '저음'과 '울음'

과 '노래'가 등가화함으로써 생성과 활력의 역설을 한껏 보여 준 사례라 할 것이다.

이처럼 정연희 시인이 채집하는 '소리'들은, 아름답고 신비롭게 가다듬어져 있기도 하지만, 그와 달리 혹독한 상처의 서사를 재현하고 있기도 하다. 시인에게 '소리'의 힘이란, 지난 시간에 대한 미화보다는 혹독했던 고통을 추스르고 견디는 데서 완성되고 있기 때문이다. 그녀는 자신의 삶과 그 주변에 엄청난 무게로 주어졌던 상처의 흔적을 시로 거두어 내면서, 그 흔적들로 하여금 이야기의 뿌리가 되게끔 한다. 따라서 시인의 주된 시적 관심은 자신이 힘겹게 통과해 온 시간을 '소리' 형상으로 은유하면서 그 안에서 기억의 풍경을 환기하는 데 있고, '만종/풍경/신성한 소리' 등은 이러한 결핍과 충일의 변증법을 생성적으로 실현하는 은유적 물질들로 적극 기능하는 셈이다.

5.

마지막으로 정연희 시인은 육체로 남은 기록으로서의 '시'를 사유하고 상상한다. 하지만 시인은 사물들과 동화되어 한 몸이 되어 버리거나 거기에 몰입하는 대신, 그것들과 한결같이 일정한 미적 거리를 유지하면서 자신의 실존적 상황으로 재귀(再歸)하는 과정을 섬세하게 보여 준다. 다시 말해서 사물에 빗대어 자신의 경험을 성급하게 노출하고자 하는 욕망을 경계하면서, 그 대신에 사물과 자신을 유추적으로 관련지으면서 그러한 경험들을 '시적인 것'으로 변형하는 데 일관된 적공(積功)을 들이고 있는 것이다. 그러한 과정으로 완성된 시적 문맥으로부터 시인은 자신이 살아왔고 또 살아가야 할 삶의 표지(標識)를 유추하고 성찰하는 방법론을 적극 취한다.

쓰러진 비파나무 뿌리에 무수한 구렁 꿈틀거렸다

생장점의 비릿한 냄새와 통점의 흔적 사이

슬어 놓은 푸른 부전나비 알들

꽃 지는 시절과 무성한 열매를 가로지르던 태양의 시간

당신의 생애 담긴 구렁들 빠르게 사라져 간다

둥치 껍데기에 새긴 헝클어진 빗금들은

숨 멎은 것들이 떠나는 구부러진 길

빛바랜 비망록처럼 희미하다

바람이 부려 놓은 구름 한 짐에

느슨해진 척추 마디 삐걱거리고

비파나무의 많은 구렁을 가진 당신의 가슴

명치끝에서 마지막 푸른 부전나비 날아올랐다
                                    —「비파나무 비망록」 전문

쓰러진 비파나무 뿌리에 새겨진 '비망록'은 "생장점의 비릿한 냄새와 통점의 흔적 사이"를 불투명하지만 선연하게 보여 준다. 가령 그 안에는 "꽃 지는 시절과 무성한 열매를 가로지르던 태양의 시간"이 있어서, 시인이 이 '비망록'을 '시'의 은유적 등가물로 삼고 있음은 췌언의 여지가 없어 보인다. 또한 "당신의 생애 담긴 구렁들"이 그곳으로 사라져 가자, 시인은 마른 등걸에 새겨진 빗금들이 "빛바랜 비망록"임을 거듭 상상한다. 그때 "비파나무의 많은 구렁을 가진 당신의 가슴"은 '나'의 명치끝에서 마지막 푸른 부전나비가 되어 날아오른다. 비망록에 새겨진 문양들이 어쩌면 "당신이 둥글게 다듬은"(「당신의 심장」) 것이지 않았겠는가. '당신'을 향한 기억이 적극 육체를 얻어 항구적으로 남은 것이 결국 "비파나무 비망록"으로 나타난 것이다.

바람은 새들의 뼛속으로부터 일어났다

갈라파고스 먼 바다에서 새는 폭풍우 가르며 날개를 펼 쳤다

바다는 뒤집히고 붉은 모래펄에 끝없이 쏟아지는 파도 맹 그로브 나무들 쓰러졌다 지금은 하늘과 바다가 한 덩어리 내 몸이 바다 쪽으로 떠밀려 간다

알바트로스, 날개가 해안선 닮은 분홍 부리 바람의 새 쉬지 않고 가장 멀리 높이 나는 신천옹(信天翁) 그 새가 돌 아왔다 흔들리지 않고 검은 바다를 건너는 건 새 안의 바 람이다

뼈를 바람으로 채웠다 바람이 마주칠 때 새는 날았다 새 가 머리 널 때 바람도 스러졌다
                    —「검은 눈썹 알바트로스」 전문

주지하듯 '알바트로스(Albatross)'는, 이 세상에서 가장 멀리 그리고 가장 높이 날아가는 새로 알려져 있다. 우리나 라에서는 '신천옹(信天翁)'이라고 부르기도 한다. 일찍이 "시 인은 추로부터 새로운 마력을 일깨운다"라고 했던 보들레 르는 그의 작품 「알바트로스」에서 본질적 의미를 탐구하기 위해 처절하게 노력하는 시인의 모습을 은유하는 상관물로 '알바트로스'를 등장시킨 바 있다. 이른바 '저주받은 시인' 의 계보를 창안한 보들레르로서는 시인의 참모습이 세상과

불화하며 "추로부터 새로운 마력"을 일깨우는 데 있다고 상상했던 것이다.

정연희 시인은 갈라파고스 먼 바다에서 폭풍우를 가르며 날개를 펼치는 알바트로스의 형상을 우리 시대로 다시 끌어온다. 새의 뼛속으로부터 바람이 일자 바다는 뒤집히고 나무는 쓰러지고 하늘과 바다는 한 덩어리가 된다. 그때 '나'의 몸은 어느새 바다 쪽으로 떠밀려 가면서, "흔들리지 않고 검은 바다를 건너는" 새의 안쪽에서 일어나는 바람에 도취하고 휩싸인 채 뼈를 바람으로 채우면서, 새와 바람이 결국 이형동궤(異形同軌)임을 노래한다. 따라서 "검은 눈썹의 알바트로스"는 시인 정연희의 은유적 분신이었던 셈이다. 시인 정연희는 뼈를 바람으로 채운 채 오늘도 검은 바다를 건너고 있는 것이다.

이처럼 정연희 시학은 '비파나무'와 '알바트로스'의 육체에 새겨진 에너지와 흔적을 통해 우주적 본질과 그 존재 형식을 추출하고 탐색한다. 그런데 이렇듯 편재적 존재 형식에 대한 자각을 이룬 시인에게는 천상의 가치와 지상의 모습이 대위적으로 다가오게 된다. 가령 이 세상을 살아가는 세계 내적 존재로서의 인간은 결핍과 부재와 불모의 땅을 이격(離隔)하여 천상으로의 초월을 기도하게 마련이다. 하지만 정연희 시편은 이러한 상상적 열망과 지상에서의 심미적 의지를 균형 감각으로 포용하면서, 우리의 옹색한 시적 이상을 넓혀 가는 생성적 몸짓을 적극 보여 주고 있는 것이다.

6.

　우리가 잘 알듯이, 삶과 세계에 대한 근원적 개안(開眼)은 논리적 축적보다는 우연하게 찾아온 서정적 충격 속에서 얻어지는 경우가 더 많다. 옛 사람들은 그것을 '돈오(頓悟)'라고 칭하기도 했고, 더러는 초월적이고 외재적인 실재가 부여하는 '계시(啓示)'로 이해하기도 했다. 그런가 하면 충실하게 자신만의 생의 형식을 오래 축적해 온 이들에게도 오랜 시간 무심히 지나쳤던 사물이나 현상이 새삼스럽게 가치 있는 것으로 다가올 때가 있다. 이처럼 세계에 대한 새롭고도 낯선 경험을 통해 형성되는 인식론적 전회(轉回) 과정은, 일상의 비속성과 순환성을 반대로 비추어 주는 일종의 역상(逆像)으로 다가온다. 정연희 시학은 그렇게 지상을 떠나, 하지만 지상으로 착근하면서, 유적과 주술과 상상의 노래를 들려준다. 그 천연스런 목소리와 스케일이 우리 시단의 한 출렁임으로 다가오게 될 것이다.

　우리가 서정시를 자기표현의 양식으로 규정한다고 할 때, 정연희 시인이 보여 주는 이러한 시적 투명성은 순조로운 동일성을 축적해 온 이의 자기표현이 아니라, 죽음과도 같은 삶의 벼랑에 근접한 이가 혼신을 다해 구축하고 있는 자기표현이라는 점에 그 특장이 있다. 아닌 게 아니라, 그녀의 낱낱 시편들은 가장 구체적이고 물리적인 상상의 힘으로 씌어진 고통스런 언어들임을 스스로 증명하고 있다. 그러나 여기서 또 하나 우리가 주목해 보아야 할 것은, 이러한 경험만이 그녀의 시를 감싸고 있는 것은 아니라는 점이다. 오히려 정연희 시인은 이러한 고통들을 어루만지고 치유하여 궁극에는 가장 근원적인 존재 형식에 이르려는 긍정적 사유와 시법(詩法)을 줄곧 보여 주기 때문이다. 그녀의 영혼과 언어가 따뜻하고 밝은 것도 그 때문이 아닐까 한다. 어쩌면 이러한 이중의 작업을 감당해 내는 그녀의 상상력이야말로 "물로 된 불"(바슐라르)이 아닐까 생각해 본다. 그리고 우리는 그 '물로 된 불'이 들려주는 유적과 주술과 상상의 생성적 노래가, 우리 시단을 밝고 환하고 격렬하게 출렁이게 할 것을, 다시 한 번, 소망해 보는 것이다.